Le secret du pilfastron

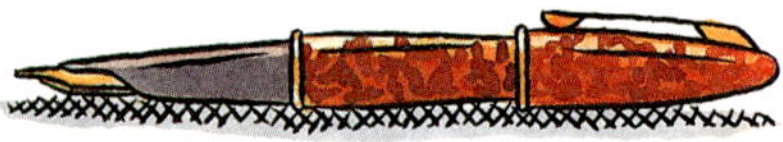

Robert Escarpit vit en Gironde où il est né en 1918. Conseiller régional d'Aquitaine, professeur émérite de l'Université de Bordeaux III, journaliste, il est l'auteur d'une soixantaine d'ouvrages pour adultes et pour enfants, publiés par Fayard, Flammarion, La Farandole, Le Livre de Poche Jeunesse et Magnard. De nombreux prix ont été attribués à son oeuvre, dont le Prix de la Ville de Bordeaux, le Prix international de la paix, le Grand Prix de la science-fiction française de jeunesse.

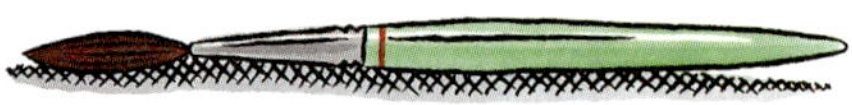

François Avril est né à Paris en 1961 où il suit les cours de l'École nationale supérieure des arts appliqués et des métiers d'art. Illustrateur de plusieurs ouvrages de bandes dessinées, il travaille régulièrement avec de nombreux magazines et consacre ses loisirs à la pratique de différents sports dont le trial et le surf.

ISBN 2.227.72307.6

Le secret du pilfastron

Une histoire écrite par Robert Escarpit
illustrée par François Avril

BAYARD ÉDITIONS

1

Avis favorable

Mon vieil ami Hubert Chesnaie, le plus insupportable des farceurs quand nous étions ensemble à l'École normale supérieure, n'avait pas son pareil pour monter les canulars les plus ingénieux et souvent les plus agaçants. C'est ainsi qu'un jour, comme un de nos camarades mathématiciens venait d'obtenir pour ses travaux je ne sais quel prix de l'Académie des sciences et qu'un journaliste était venu l'interviewer, il substitua à l'enquêteur un complice qui écouta pieusement les déclarations du jeune chercheur, tandis que lui-même recevait le vrai journaliste en se faisant passer pour le lauréat. Les déclarations abracadabrantes qu'il fit passèrent le lendemain dans un article, au grand ahurissement et à la fureur de notre camarade qui intenta un procès au journal. Ce fut un vrai scandale, mais nul ne sut le fin mot de l'histoire.

Hubert ne se fit pas prendre et put jouir sereinement de l'imbroglio qui satisfaisait son sens de l'humour. Il préparait l'agrégation de physique, alors que moi, je préparais celle de lettres classiques.

Mais les carrières ont d'étranges détours. Quinze ans plus tard, Hubert se trouvait chef du Bureau des évaluations du Conseil de l'Europe à Bruxelles, et moi, je dirigeais à Toulouse un laboratoire de sciences de l'information. Nous avions, l'un et l'autre, opéré, comme on dit, un recyclage. Il était devenu économiste, et moi, je touchais à une matière plus scientifique que littéraire.

J'étais allé le voir à propos d'un dossier concernant une étude sur le câblage des grandes villes par fibres optiques. Je fus accueilli à son bureau de Bruxelles par une jeune femme qui me parut être sa secrétaire. Elle était extraordinairement jolie, avec de longues jambes fines, des cheveux couleur d'or vert et des yeux mauves d'une nuance que je n'avais jamais vue.

– M. Chesnaie, dit-elle en m'introduisant, c'est M. Robert Bayle avec qui vous avez rendez-vous à onze heures.

– Merci, Viola, dit Hubert en se levant. Vous direz qu'on m'apporte mon courrier à signer vers midi et vous téléphonerez au restaurant des Chandeliers pour retenir deux couverts. Tu déjeunes avec moi, n'est-ce pas, Robert ?
– Si tu veux, avec plaisir.

Hubert n'avait pas tellement changé. Il avait perdu moins de cheveux que moi et ses yeux bleus pétillaient toujours de malice et d'intelligence. Il nota que mon regard suivait Viola tandis qu'elle sortait de la pièce.

– Une fille splendide, n'est-ce pas ? dit-il. Et pas seulement du point de vue physique, elle est d'une intelligence surprenante. Mais je suppose que tu n'es pas venu me voir simplement pour faire de l'œil à mes collaboratrices. Assieds-toi.

Pendant un quart d'heure, nous égrenâmes tous les inévitables vieux souvenirs d'anciens camarades qui ne se sont pas vus depuis dix ans. On en vint enfin à l'objet de ma visite.

– Tu veux savoir où en est le dossier du câblage ? demanda Hubert.

– Je veux surtout savoir quand la décision sera prise. Mais, avec toute cette bureaucratie nationale et internationale, je n'arrive même pas à découvrir qui prend les décisions.

Il rit gaiement et se carra dans son fauteuil.

– Qui prend les décisions ? Mais c'est moi, naturellement.

– Tu ne vas pas me dire que tu es le Conseil de l'Europe à toi tout seul ?

– Non, bien sûr ! Mais tu connais mon goût du canular. Crois-tu que je resterais à ce poste si tout cela n'était pas une énorme plaisanterie ?

– Tu veux dire qu'on ne travaille pas sérieusement ?

– Oh si ! On travaille très sérieusement. Les dossiers sont soumis à des comités d'experts, à des commissions spécialisées, discutés par des groupes de travail, examinés par les délégués des divers gouvernements, puis renvoyés au Bureau des évaluations pour une étude finale. Et c'est là que j'interviens : je mets un avis favorable ou défavorable. Quand l'affaire arrive en séance plénière, il y a plusieurs kilos de documents pour chaque dossier et le Conseil doit en examiner une vingtaine par séance. A part de très rares exceptions, il se contente de suivre ma recommandation.

– Et tu as examiné mon dossier ?

– Examiné ? Pas fou ! Même en y passant des nuits, je n'arriverais pas à lire toute cette paperasse !

– Alors, j'en ai jusqu'à la saint-glinglin !

– Pas du tout ! Comme tu es un ami, je vais même te donner ta réponse tout de suite.

Il saisit un petit objet brillant que je n'avais pas remarqué sur un coin de son bureau et le posa devant lui. D'un coup sec de l'index, il fit pivoter quelque chose. Il y eut un bref chuchotement métallique, puis Hubert se pencha en avant.

– Face ! annonça-t-il. Avis favorable ! Ton affaire est dans le sac !

– Qu'est-ce que c'est ?

– Un pilfastron, tout simplement.

– A quoi cela sert-il ?

– A prendre des décisions. Il y a longtemps que j'ai découvert qu'il était tout aussi efficace, mais moins fatigant, de tirer mes décisions à pile ou face, que de me tuer à étudier des dossiers parfaitement inextricables. Comme on n'a pas toujours une pièce de monnaie sous la main, j'utilise cette machine.

– Tu veux dire que les décisions du Conseil de l'Europe sont, en fin de compte, tirées à pile ou face ?

– Oui. Ça te choque ? J'avoue que le canular peut paraître un peu gros, mais quand on y réfléchit, tu sais, sur l'ensemble d'une politique, les décisions de détail qui sont prises finissent par obéir à la loi des grands nombres. Plus on complique et multiplie les consultations, délibérations, discussions et expertises contradictoires, plus on se rapproche du hasard. Tu devrais savoir ça, toi qui es spécialiste de l'information.

– Bien sûr, je sais que plus un système est complexe, plus l'information qu'il produit tend à être régie par les lois de la mécanique, c'est-à-dire par le hasard. Les volontés humaines finissent par ne plus compter. Mais, tout de même, dans la vie publique, il y a des choix, de grandes orientations politiques qui obéissent à une volonté.

– Crois-tu ? Regarde les grandes démocraties, pour ne parler que d'elles : quand un parti gagne des élections par une voix sur cinq ou six cents, tu ne crois pas que c'est le hasard qui joue ? Une voix de plus ou de moins, un demi pour cent de plus ou de moins, statistiquement, cela ne veut rien dire. En réalité, la plupart des pays votent à pile ou face.

– Au moins, on y met les formes.

– Je les y mets. Tous ces dossiers sont parfaitement étudiés et honnêtement instruits. C'est simplement la décision que j'ai l'honnêteté de remettre au hasard.

– Je peux voir ton… pilfastron ?

– Avec plaisir. Il n'a rien de très précieux. C'est un gadget qui a été fabriqué à une époque par une

entreprise qui s'en servait pour sa publicité. Viola me l'a donné il y a trois ans en cadeau d'anniversaire.

Le pilfastron était une sorte de lentille en plastique transparent en travers de laquelle était pratiqué une sorte de tube d'environ deux centimètres de large. Au milieu, une reproduction d'un écu d'argent à l'effigie de Louis XIV était fixée sur deux axes qui lui permettaient de pivoter librement. Il suffisait de donner un coup sec sur le bord de la pièce pour la faire tourner rapidement. Elle s'arrêtait soit sur l'effigie de Louis XIV, soit sur la croix qui se trouvait au revers.

– Et quand la pièce reste verticale ? demandai-je.

– Je remets le dossier à l'étude.

A la fois amusé et choqué, je tournais le petit instrument entre mes doigts.

– Tu es au moins sûr, demandai-je, que ton pilfastron obéit vraiment aux lois du hasard à chances égales ?

– Bien entendu. Comment pourrait-il en être autrement ?

– Je ne sais pas, mais il suffirait d'un léger décalage dans la perforation des trous qui reçoivent les axes pour favoriser un côté ou l'autre.

– Je n'ai jamais rien observé de tel. Le pilfastron me paraît parfaitement impartial.

– Tu as fait des essais, des tests statistiques ?

– Je n'en ai pas vu la nécessité.

– Combien as-tu donné d'avis favorables le mois dernier ?

Il fourragea dans un tiroir et en tira une liasse de feuillets.

– Le mois dernier ? Voyons... vingt-sept.

– Sur combien de dossiers ?

– Euh... quatre-vingt-quatre.

– Cela fait du trente-deux pour cent. Nous sommes loin du moitié-moitié que devrait donner un instrument de ce genre. Et le mois précédent ?
– Le mois précédent ?... Seize sur cinquante-quatre.
– Moins de trente pour cent. Ton pilfastron semble avoir une préférence pour le côté pile.
Les sourcils froncés, Hubert feuilletait sa liasse.
– Il n'avait pas tort. La plupart des dossiers présentés pendant cette période étaient tout à fait lamentables.
– Tu veux dire que le pilfastron est capable d'apprécier la qualité des dossiers ?
– Non, mais cela prouve que le hasard n'est pas nécessairement incompatible avec le bon sens.
– Il n'empêche que pour un mauvais dossier, si le coup était tombé sur face, tu l'aurais approuvé tout de même.
– Il faut être logique avec soi-même.
– Ton pilfastron a l'air d'être plus logique que toi.
– Oui, mais attends un peu : si je reprends les chiffres sur toute l'année, je trouve quatre-vingt-quinze avis favorables pour deux cent sept dossiers. Cela fait presque du quarante-six pour cent. On n'est plus très loin du moitié-moitié.
– Oui, mais cela n'explique pas les variations sai-

sonnières. Pour qu'il s'agisse vraiment du hasard, sur une série d'une cinquantaine de dossiers, il faudrait que la différence entre les piles et les faces ne dépasse pas quatorze ou quinze, à la rigueur seize ou dix-sept, mais n'atteigne en aucun cas trente-huit, comme le mois dernier. Tu peux me prêter ton instrument ? J'aimerais l'examiner de plus près.

– Je n'en ai pas besoin jusqu'à la fin de la semaine.

– Je te le rendrai avant de quitter Bruxelles.

Ce soir-là, dans ma chambre d'hôtel, je me livrai à des expériences, tirant au pilfastron des séries de cent coups. Au bout de deux heures, j'avais obtenu plusieurs dizaines de séries, toutes avoisinant la répartition moitié-moitié. Les deux qui s'en écartaient le plus étaient une qui avait cinquante-quatre piles et une autre cinquante-trois faces. Il n'y avait là rien qui ressemblât aux fortes inégalités constatées lors des décisions d'Hubert.

Je me mis alors à tirer des séries de cinquante, puisque cela semblait être le nombre moyen de dossiers examinés par Hubert chaque mois. Les pourcentages maximaux que j'obtins furent soixante pour cent en faveur des piles et cinquante-sept en faveur des faces.

Le sommeil me gagnant, je me mis au lit et m'endormis d'un sommeil tourmenté de statistiques.

2

La lumière mauve de ses yeux

Le lendemain matin, j'allai prendre mon petit déjeuner dans une taverne de la Grand-Place, dont j'aime les façades dorées et tarabiscotées.

Je m'installai dans un coin de la salle et, tout en trempant mon croissant dans le café, je me mis à tirer des séries de vingt au pilfastron. J'obtenais toujours des résultats du même ordre, tout à fait compatibles avec une répartition au hasard : 9-11, 12-8, 10-10... Soudain, je levai les sourcils : je venais d'obtenir une série avec six faces et quatorze piles. A la série suivante, ce fut exactement l'inverse. Puis j'eus successivement quatre faces et seize piles, cinq faces et quinze piles, trois faces et dix-sept piles, puis soudain une série d'un face et dix-neuf piles et, aussitôt après une série de dix-huit faces et deux piles. Je m'arrêtai un instant et posai le reste du croissant à côté de ma tasse en considérant le pilfastron d'un air perplexe. Puis, tendant un index légèrement tremblant vers la pièce, je la fis pivoter. Il y eut vingt faces de suite. Par acquit de conscience, je tirai un vingt et unième coup et ce fut encore face !

Il n'y avait pas besoin de faire de grands calculs pour s'apercevoir que le pilfastron n'obéissait plus aux lois du hasard depuis un bon moment. On aurait dit que l'engin était doté d'une volonté propre et faisait délibérément des choix comme s'il avait décidé de me défier.

Etant donné ma spécialité scientifique, j'étais sans doute plus sensible qu'un autre à ces perturbations. Ma raison me disait qu'il devait exister une explication à cet étrange comportement de la machine, mais je ne pouvais m'empêcher d'être saisi par une sorte de crainte superstitieuse devant de pareilles anomalies. J'avais beau me dire qu'elles ne résisteraient pas à des expériences plus poussées, j'éprouvais un certain malaise en croyant découvrir comme un sourire ironique sur l'effigie de Louis XIV. Couronné de lauriers, il était encore jeune : la date de la pièce était 1662, ce qui donnait

vingt-quatre ans au monarque. C'était encore l'âge de faire des farces.

Soupirant, je m'épongeai le front et levai les yeux. A deux tables de moi, Viola venait de s'installer et commandait son petit déjeuner au garçon. Elle avait dû entrer au moment où le pilfastron commençait ses fantaisies. Nos yeux se croisèrent et, de nouveau, je fus frappé par son extraordinaire beauté. La lumière mauve de ses yeux m'enveloppa, me faisant oublier pour un instant mes préoccupations statistiques. Elle sourit et me fit un petit signe de la main. D'un geste, je l'invitai à venir s'asseoir à ma table. Elle acquiesça de la tête, repoussa sa chaise et, avec une démarche d'une grâce infinie, se dirigea vers moi. Elle portait un petit tailleur bleu électrique qui s'harmonisait merveilleusement avec l'étrange couleur de ses cheveux.

Elle s'assit devant moi et regarda le pilfastron.

– Vous consultez le conseiller de monsieur Chesnaie ? demanda-t-elle en élevant ses fins sourcils irisés.

– Oui, et il m'intrigue. Depuis que vous êtes entrée, on dirait qu'il a perdu la tête.

Quand elle rit, elle dévoila deux rangées de dents régulières et éclatantes comme des perles fines.

– Pourquoi voudriez-vous que je fasse perdre la tête à une machine ?

– Vous feriez perdre la tête à n'importe qui.

Le compliment était assez lourd, mais elle l'accueillit de bonne grâce. Le garçon lui apporta son thé.

– Et pourquoi dites-vous que cette machine perd la

tête ? demanda-t-elle en dépliant délicatement l'enveloppe d'un morceau de sucre.

– Vous avez quelques notions de statistique ?

De nouveau, elle sourit.

– J'ai une maîtrise de mathématiques appliquées de l'université de Duke, en Caroline du Sud.

– Alors, vous êtes plus forte que moi qui ne suis qu'un recyclé. Ce... pilfastron, n'est-ce pas, est supposé reproduire des coups de pile ou face, c'est-à-dire deux possibilités à chances exactement égales. D'accord ?

– Oui, bien sûr.

– Cela veut dire que si je tire des séries, je dois obtenir à peu près autant de piles que de faces.

– A peu près seulement. Cela dépend de la longueur des séries. Si vous tirez mille coups et que vous obteniez plus de six cents piles ou faces, vous pouvez commencer à vous inquiéter, mais si vous ne tirez que vingt coups, il faut qu'il y en ait au moins quinze ou vingt du même côté pour que cela veuille dire quelque chose.

– J'ai essayé l'engin pendant des heures. Dans quatre-vingt-dix pour cent des cas, il respecte une répartition acceptable, mais, à certains moments, il donne des séries qui vont tout d'un côté ou tout de l'autre.

– A quels moments ?
– Maintenant, par exemple, quand vous êtes entrée. Et si j'en juge par les décisions d'Hubert, cela doit se passer de temps en temps quand il utilise l'appareil.

Pensivement, elle tira une cigarette de son sac. Je lui tendis mon briquet qui s'alluma au premier coup.
– C'est comme mon briquet, dis-je. Il rate deux fois sur trois. Ce coup-ci, j'ai eu de la chance, mais je suis sûr que si j'essaie encore une fois, il ne s'allumera pas.

Je poussai la molette. Le briquet s'alluma. Je l'éteignis et fis un nouvel essai. Le briquet s'alluma encore. Une troisième tentative donna le même résultat.
– Je vais gaspiller mon gaz, dis-je en remettant le briquet dans ma poche. De toute façon, c'est un briquet fantaisiste. J'ai quelquefois l'impression que quand je pense assez fort qu'il va s'allumer, je l'influence et il m'obéit.
– Peut-être que vous influencez le pilfastron.
– L'influencer ? Mais comment ? C'est une machine. Je plaisantais quand je parlais de mon briquet.
– Pourtant, il s'est allumé quatre fois de suite.
– Ecoutez, Viola, dis-je, je suis un rationaliste et

j'ai les pieds sur terre. Tant qu'on ne m'aura pas prouvé scientifiquement qu'on peut influencer un objet matériel par la seule pensée, je ne croirai pas à ces sornettes.

– Vous n'avez jamais entendu parler de la parapsychologie ?

– C'est du charlatanisme !

– Il y a un laboratoire de parapsychologie à l'université de Duke. On y fait déplacer des objets à distance, deviner des cartes par transmission de pensée...

– Et on obtient des résultats ?

– Franchement, ce n'est pas très convaincant, mais c'est pour vous dire que certains scientifiques sont moins sceptiques que vous en ce qui concerne la transmission de pensée.

Je saisis le pilfastron.

– Peut-être, Viola, mais je ne m'intéresserai au problème que lorsque j'aurai compris pourquoi cet instrument a de telles fantaisies. C'est vous qui l'avez offert à Hubert, n'est-ce pas ?

– Oui, j'avais pitié de lui à force de le voir fouiller dans ses poches à la recherche de pièces de monnaie pour tirer à pile ou face.

– Où l'avez-vous trouvé ?

– Oh, c'est un vieil ami, brocanteur à Saint-Gilles, qui me l'a donné.

– Vous croyez que vous pourriez m'en trouver un autre ?

Elle fit la moue, ce qui accentua encore le charme voluptueux de ses lèvres lilas.

– Peut-être... Le vieux Nicolas en avait acheté tout un lot dans une vente après liquidation. Il est possible qu'il ne les ait pas tous écoulés. Je puis vous conduire chez lui.

– Quand ? Je quitte Bruxelles après-demain.

– Ce soir, si vous voulez, après la fermeture des bureaux.

– Ce soir, entendu. Voulez-vous que nous dînions ensemble ?
– Pourquoi pas ? Je connais un bistrot à Saint-Gilles où l'on sert de la vraie cuisine bruxelloise. Vous aimez les moules et la gueuze Lambic ?
– J'adore.

J'aurais aimé n'importe quoi pour dîner avec Viola et j'avoue que, pendant un instant, le pilfastron passa au second plan de mes préoccupations.

Pendant la journée, je fis encore quelques expériences avec l'engin, mais il resta sagement dans les règles de la statistique. Il était six heures quand je me rendis au siège du Conseil de l'Europe. J'avais attendu à peine quelques instants dans le hall quand Viola apparut, éblouissante.

Sa petite R5 jaune était au stationnement. Habilement, elle se faufila dans le trafic dense de Bruxelles.
– Vous avez de la chance, dis-je. Vous arrivez toujours aux croisements au moment où le feu passe au vert.
– C'est une question de hasard.
– Oui, rouge ou vert, comme pile ou face.

– Vous oubliez l'orange.
– La pièce peut aussi se retrouver sur la tranche, mais c'est rare. En tout cas, sur douze feux que nous avons passés, dix étaient au vert et les deux autres ne sont restés au rouge que quelques secondes.
– Peut-être que je les influence.

Je lui jetai un bref regard, me demandant si elle plaisantait. Elle sourit.
– C'est pourtant bien simple, dit-elle : les feux sont réglés pour s'allumer les uns après les autres, de façon qu'une voiture roulant à cinquante à l'heure les trouve tous au vert. Il suffit de maintenir la vitesse. C'est ce qu'on appelle la « vague verte ». Il n'y a rien de mystérieux là-dedans.

Nous laissâmes la voiture dans un parking souterrain. Au bout de quelques pas dans une ruelle étroite, Viola me montra une boutique à la peinture écaillée.
– C'est là.

Nicolas était un homme de haute taille qui avait largement dépassé la soixantaine, mais, malgré sa barbe et ses cheveux blancs, il émanait de lui un air de jeunesse et de vitalité qui se reflétait dans ses

yeux brillants. Je remarquai qu'ils avaient, en plus sombre, un peu la même teinte que ceux de Viola.

Il nous accueillit jovialement dans sa boutique pleine de vieux meubles, de statuettes, de vases et de pièces d'argenterie dont certaines me parurent avoir de la valeur. Viola l'embrassa sur les deux joues, puis lui exposa l'objet de notre visite.

– Ah ! le pilfastron ! s'écria-t-il. J'en avais acheté près d'un millier, mais je crois bien que je les ai tous vendus. Peut-être m'en reste-t-il un ou deux...

Montant sur un escabeau, il fourragea longuement parmi les cartons empilés sur une étagère.

– Ce gadget semble avoir eu beaucoup de succès, dis-je.

Il me lança un regard perçant par-dessus son épaule.

– Ce n'est pas un gadget, dit-il, c'est un instrument de travail.

– Un instrument de travail ? Comment cela ?

Avec un grognement de triomphe, il mit la main au fond d'une boîte.

– Ah ! en voici un !

Descendant de l'escabeau, il me tendit l'engin. Il était rigoureusement identique à celui d'Hubert.

– Un instrument de travail, dites-vous ?

– D'après ce que m'a raconté Viola, votre ami Hubert Chesnaie s'en sert pour prendre ses décisions. Il n'est pas le seul, croyez-moi.

– Vous voulez dire qu'il y a d'autres personnes qui tirent leurs décisions à pile ou face ? Hubert est un original, passe encore pour lui !

– Je puis vous dire que lorsque M. Chesnaie a montré son pilfastron à ses collègues de la Communauté européenne, ils se sont précipités en masse chez moi. Bruxelles est un petit monde, vous savez. Les bruits circulent rapidement. Très vite, j'ai eu des chefs de délégation, des ministres, des présidents...

– Des présidents ? Lesquels ?
– Secret professionnel, mon cher monsieur Bayle. Mais je puis vous affirmer qu'il n'y a probablement pas un pays au monde qui n'ait un ou plusieurs pilfastrons en service dans ses hautes instances. Rien que les États-Unis ou l'URSS m'en ont acheté chacun une centaine.

Complètement abasourdi, je le regardai, les yeux écarquillés.

– Mais si ce que vous dites est vrai, cela signifie que toutes les grandes décisions qui règlent le sort du monde sont prises au hasard !

– Si vous considérez le pilfastron comme un instrument du hasard, c'est une conclusion logique.

– Ça n'a pas l'air de vous affoler.

– Je n'ai peut-être pas du hasard tout à fait la même conception que vous.

– Et quelle est votre conception ?

Il eut un geste vague.

– Ce serait un peu long à vous expliquer. Vous comptez vous servir du pilfastron pour prendre des décisions ?

– Non, je veux l'étudier. J'ai l'impression que lui non plus n'a pas tout à fait la même conception du hasard que moi.

Nicolas me fit payer le pilfastron cent quatre-vingts francs belges, ce qui était très bon marché.

MENU

3

Radioactif !

Le bistrot où me conduisit Viola était très sympathique, avec une atmosphère cordiale et bon enfant. Après avoir commandé le repas, je posai les deux pilfastrons côte à côte sur la nappe à carreaux blancs et rouges.

– Il ne faudra pas confondre le mien avec celui d'Hubert, dis-je. Ils sont parfaitement identiques.

– C'est facile, dit Viola. Le plastique du sien est légèrement écaillé sur le bord. Cela date d'un jour où il n'était pas d'accord avec une décision du pilfastron. Dans sa colère, il l'a lancé contre le mur.

– Et il a continué à s'en servir ensuite ?

– Oui, comme c'est moi qui le lui ai offert, je suppose qu'il n'a pas voulu me faire de peine.

– Il est amoureux de vous ?

Baissant les yeux, elle murmura :

– Je suppose qu'il l'a été.

– Il ne vous fait pas la cour ?

– Plus maintenant. Je lui ai dit que j'étais mariée à un cosmonaute soviétique qui suit son entraînement à Baïkonour. Il s'est fait une raison.

– Vous êtes russe ?

– Non, j'ai un passeport danois, mais mon père est catalan et ma mère finlandaise.

– Je ne connais même pas votre nom de famille.

– Del Vall... Viola Del Vall.

– Où vivent vos parents ?

– Ils sont séparés. Mon père est physicien, chef d'un bureau d'études sur l'énergie atomique à Madrid, et ma mère est conseillère au cabinet du secrétaire général de l'ONU à New York. C'est pour cela que j'ai fait mes études aux États-Unis.

Les moules étaient délicieusement onctueuses et la gueuze Lambic avait un petit parfum aigrelet de cerise qui montait à la tête. C'est sans doute ce qui m'enhardit, quand on servit le café, à demander :

– Vous voyez souvent votre mari ?

– Igor ? Ce n'est pas mon mari. C'est un cousin de ma mère et il a épousé une Soviétique. Je me suis

seulement servi de lui pour décourager M. Chesnaie.
– Vous n'êtes pas mariée ?
Elle secoua la tête avec un léger rire.
– Non, même pas fiancée.
– Mais, vous avez un petit ami ?
– Même pas.
– C'est incroyable, Viola. Jolie et intelligente comme vous l'êtes, vous devez tourner la tête à tous les hommes ?
Fronçant les sourcils, elle concentra son regard sur sa tasse.
– C'est moi qui dois faire attention à ne pas me laisser tourner la tête. J'ai des responsabilités.
– Vous prenez votre métier tellement à cœur ?
– C'est plus qu'un métier. J'ai un devoir à remplir. Vous ne comprendriez pas.
Je la sentais nerveuse, tourmentée. Posant ma main sur la sienne, je lui demandai :
– Viola, quel devoir peut donc vous interdire le bonheur d'aimer un homme ?
Le regard qu'elle me lança m'éblouit. J'y lus le chagrin, la passion, et même la tendresse. Mon cœur battit plus vite.
Je ne suis pas ce qu'on appelle un séducteur. Je porte bien mes quarante-trois ans, mais depuis

l'amère expérience de mon premier mariage et de mon divorce, j'avais évité jusque-là toute aventure sentimentale. Pourtant, cette fois, la recherche scientifique qui, depuis des années, était mon refuge, me semblait un rempart bien dérisoire contre les émotions qui m'envahissaient.

– Je crois bien que je suis amoureux de vous, Viola, dis-je.

Elle secoua doucement la tête avec un petit sourire triste et porta une nouvelle cigarette à ses lèvres. Mon briquet s'alluma du premier coup.

– Je ne vous le conseille pas, dit-elle.

– Ecoutez, Viola, je vais rentrer à Toulouse après-demain, mais je compte revenir à Bruxelles à la fin du mois et j'y serai pour toute une semaine. Puis-je espérer vous revoir ?

– Si vous rendez visite à Hubert Chesnaie, vous ne pourrez éviter de me revoir.

– Je veux dire comme maintenant, en tête à tête. Vous ne souhaitez pas que nous nous connaissions mieux et que j'aie une chance de vous convaincre de la sincérité de mes sentiments ?

Du bout de son doigt fuselé, elle mit les deux pilfastrons en mouvement. Dans l'un et l'autre cas, la pièce s'arrêta en position verticale.

– Dossier renvoyé à l'étude, dit-elle.

Quand je rentrai à Toulouse, la préparation du budget de mon laboratoire occupa tout mon temps pendant les premiers jours. J'avais posé le pilfastron sur mon bureau et parfois je tirais un coup nostalgique de pile ou face, mais je n'osais pas m'en servir pour prendre mes décisions. Il est vrai

que les décisions d'un directeur de laboratoire scientifique n'ont pas une très grande importance. Tout est fixé d'avance soit par les règlements, soit par les exigences des contrats de recherche.

J'avais écrit deux lettres passionnées à Viola, mais je n'avais pas reçu de réponse.

Une dizaine de jours après mon retour, à la fin d'une séance de travail, mon collègue et camarade, Bernard Lequoy, directeur du Centre de recherches sur la radioactivité, remarqua l'engin sur mon bureau.

– A quoi ça sert, ce machin-là ? demanda-t-il.

– A tirer à pile ou face.

Il fit pivoter la pièce.

– Tu t'en sers pour tes recherches sur le hasard ?

– Non, c'est un gadget.

Examinant attentivement la pièce, il hocha la tête.

– Curieux...

– Curieux quoi ?

– Cet alliage.

– Qu'est-ce qu'il a ?

– C'est un alliage lourd, probablement plomb, étain, chrome. On s'en sert rarement pour faire des médailles.

– C'est peut-être pour augmenter la masse de la pièce et faciliter son pivotement par inertie.

– Peut-être, mais, je ne sais pas, il y a quelque chose qui m'intrigue dans la texture de cet alliage. Dis, tu ne peux pas me prêter ton engin quelques jours ?

– Si tu veux. Qu'est-ce que tu vas en faire ?

– Je ne l'abîmerai pas. Je voudrais simplement lui faire passer quelques tests au spectromètre, au détecteur à scintillation... la routine, quoi !

– Tu crois qu'il a quelque chose d'extraordinaire ?
– C'est peu probable. Simple curiosité.

Je ne lui fis pas part des problèmes que m'avait posés le pilfastron. Lequoy aime suivre ses intuitions. Moi, je suis plus terre à terre. Quand j'observe quelque chose de bizarre, je me garde de faire des hypothèses jusqu'à ce que j'aie accumulé suffisamment de données pour construire une théorie vérifiable expérimentalement. Pour le moment, tout ce que j'avais observé, c'étaient quelques fantaisies statistiques du pilfastron dans les décisions d'Hubert et lors de mes expériences dans la brasserie de Bruxelles, quand Viola était arrivée. Si cela avait arrêté mon attention, c'est qu'à ce moment-là, je travaillais à un programme de recherches sur le hasard. L'hypothèse de base était qu'il existe deux sortes de hasard : le hasard vrai qui obéit aux lois de la statistique, et le hasard arbitraire qui est celui selon lequel, par exemple, un individu coche au gré de sa fantaisie les cases de son bulletin de loto.

En principe et par définition, une machine, un dispositif mécanique quelconque, non dirigés et non programmés par un esprit humain, ne peuvent produire que du hasard vrai. Le hasard arbitraire suppose l'existence d'une pensée, si rudimentaire qu'elle soit, ou, comme disent les gens religieux, d'un libre arbitre. Or, le pilfastron s'était clairement écarté des lois du hasard vrai. Il y avait des moments où il n'en faisait littéralement qu'à sa tête. Il fallait donc en conclure soit qu'il était vivant, soit qu'il était contrôlé d'une manière ou d'une autre par un être vivant.

Le lundi suivant, j'envoyai un télégramme à Viola : OU EN EST LE DOSSIER ? Je reçus la réponse dans l'après-midi : ÉTUDE EN COURS PRONOSTIC ENCOURAGEANT. Cela me laissait de l'espoir et cette mince satisfaction suffit à m'emplir de béatitude.

C'est donc avec un vaste sourire que j'accueillis Lequoy quand, vers six heures, il fit irruption dans mon bureau. Il tenait le pilfastron à la main.

– Tu sais, dit-il de but en blanc, ton bidule, il est radioactif !

– Radioactif ?

– Oui, il émet des rayons bêta et gamma.

– Ce n'est pas dangereux, ça ?

– Rassure-toi, la radiation est très faible : même si tu gardes l'engin devant toi nuit et jour, tu ne dois pas recevoir plus d'un demi-centième de rad par vingt-quatre heures. C'est très au-dessous de la dose considérée comme critique.

– Et d'où vient cette radioactivité ?

– Ça m'a donné du chiendent de le découvrir. Je ne sais pas comment on s'y est pris pour réaliser cela, mais, de chaque côté de la pièce, sous la surface, il y a une mince couche d'atomes de cobalt 60.

– C'est le cobalt dont on se sert pour le traitement du cancer ?

– Le même, mais à dose infinitésimale. Quant au reste de la pièce, c'est bien un alliage de plomb mais, là est le mystère, ce n'est pas du plomb 207, le plus courant, ce sont des isotopes radioactifs : le plomb 198 et le plomb 214 !

– Et ça mène où, tout ça ?

– J'y viens. Quand j'ai découvert ces particularités de ta pièce, je lui ai fait subir toute une série de manipulations. Je me suis aperçu que si on la soumettait à un faible bombardement de neutrons, ça produit un petit dégagement de chaleur qui fait augmenter la température de la pièce d'à peu près un degré, mais ça marche !

– Ça marche comment ?

– Tout simplement, mon vieux, on peut faire varier la masse de la pièce entre une face et l'autre ! On peut la rendre plus lourde d'un côté ou de l'autre. C'est un peu compliqué comme système, mais, pour tricher à pile ou face, il n'y a pas mieux !

– Tu veux dire qu'on peut obliger la pièce à s'arrêter sur pile ou sur face à volonté ?

– L'obliger, c'est beaucoup dire, mais il est évident que si un côté pèse plus lourd que l'autre, c'est forcément lui qui se trouvera en bas.

– Tout ça me paraît farfelu.

– Viens jusqu'à mon laboratoire et je te montrerai.

Il règne toujours dans le laboratoire de Lequoy un désordre indescriptible. D'un coup de coude, il dégagea un coin de paillasse où s'entassaient de vieux condensateurs, des diodes grillées, des bouts de fil de cuivre, et y posa le pilfastron.

– Pendant que je prépare mon tube à neutrons, dit-il, vérifie que ton bidule marche normalement.

Je tirai cent coups. Cinquante-cinq étaient pile et quarante-cinq étaient face.

– C'est bon, dis-je.

– Bien, maintenant, allons-y.

Il enclencha un déclic.

– Je ne vois rien.

– Le rayonnement neutronique est invisible, mais fait marcher l'engin.

De nouveau, je tirai cent coups. Quatre-vingt-dix-sept tombèrent sur face.

Lequoy inversait ses branchements.

– Maintenant, recommence.

Cette fois, j'obtins quatre-vingt-seize piles.

– C'est incroyable, murmurai-je. Et sur la tranche ?

– Tu le veux la tête en haut ou la tête en bas, ton Louis XIV ? demande-t-il en s'affairant sur son tube.

– Comme tu voudras.

– La tête en bas : je suis républicain.

Quatre-vingt-quatorze fois, la pièce s'arrêta verticalement.

– C'est facile à fabriquer, ton machin à neutrons ? demandai-je.
– Pour qui sait, oui. Mais si tu songes à te lancer dans la triche professionnelle, tu auras du mal à le dissimuler. L'installation que tu vois tient un bon mètre cube, sans compter la source d'énergie. Pour la miniaturiser, il faudrait en savoir beaucoup plus long que moi !
– Et ça porte loin ?
– Ça dépend de la puissance, mais, même en concentrant le faisceau, on ne doit pas dépasser quarante à cinquante mètres. Encore faut-il qu'il n'y ait pas de barrière, comme une plaque de plomb ou un mur de béton.

Mon esprit travaillait à toute vitesse. Le bureau de Viola n'était qu'à une vingtaine de mètres de celui d'Hubert et je me souvenais maintenant que, dans la taverne de Bruxelles, le pilfastron n'avait commencé ses fantaisies qu'au moment où elle était entrée. Il fallait donc supposer qu'elle disposait d'un projecteur à neutrons. Mais où aurait-elle pu cacher un appareil aussi encombrant ?

Ravi de sa découverte, Lequoy s'en contentait et ne demandait pas d'explications. Il avait déjà des idées sur les applications qu'on pourrait tirer de l'étrange dispositif.

– La variation de poids est minime, me dit-il, mais on doit pouvoir l'augmenter. Cela pourrait devenir un procédé parfaitement nouveau de télécommande en milieu radioactif.
– Tu n'as plus besoin du pilfastron ?
– Non, j'ai toutes les données sur ordinateur. Tu peux l'emporter.

Je mis l'engin dans ma poche et rentrai à mon bureau. Ma secrétaire était partie. Je décrochai le téléphone et appelai mon agence de voyages pour retenir un Toulouse-Paris et un Paris-Bruxelles sur les avions du lendemain.

4

Le secret

A deux heures de l'après-midi, j'étais à Bruxelles. Je pris un taxi jusqu'au palais du Conseil de l'Europe. Après avoir franchi plusieurs barrages de sécurité, je montai par l'ascenseur jusqu'au cinquième étage où étaient les bureaux d'Hubert. L'huissier me reconnut et ne fit aucune difficulté pour m'annoncer à Viola Del Vall.

Elle était assise derrière un vaste bureau, à côté d'une fenêtre d'où l'on découvrait le panorama de Bruxelles. Quand elle se leva pour m'accueillir, elle était à contre-jour, ce qui m'empêcha de distinguer l'expression de son visage.

– Monsieur Bayle ! s'écria-t-elle, quelle surprise !

Je pensais que vous ne deviez pas revenir avant la fin du mois. Qu'est-ce qui nous vaut le plaisir de votre visite ?

Je sortis le pilfastron de ma poche et le posai sur son bureau.

– Ceci, dis-je.

Elle contempla longuement l'engin, puis se retourna vers moi.

– Vous aviez sans doute hâte, dit-elle doucement, de connaître la décision concernant un certain dossier dont nous avons parlé.

– Viola, à vrai dire, ce n'est pas...

– Nous allons être fixés tout de suite.

Du bout du doigt, elle fit pivoter la pièce.

– Face, dit-elle. C'est oui.

L'émotion qui monta à ma gorge m'empêcha de répondre. Eperdu de joie, je lui pris les mains.

– Viola, vous voulez dire...

– Que je vous aime, Robert ? Oui. Voyez, c'est ce que le pilfastron a décidé.

– Viola, m'écriai-je, ce n'est pas le pilfastron qui a décidé ! C'est vous qui agissez sur lui à distance.

Sans lâcher mes mains, elle plongea son regard dans le mien.

– Ah ! vous avez découvert cela ? Qu'est-ce que ça change si c'est moi qui ai décidé pour lui ?

– Je n'en suis que plus heureux, mais comment faites-vous, Viola... pourquoi ?

Son regard était triste, mais tendre.

– Si j'avais su que vous connaissiez le secret du pilfastron, je ne vous aurais sans doute pas donné ma réponse maintenant. Cela va être difficile pour vous.

– Difficile ? Mais, Viola, je n'ai jamais éprouvé si grande joie dans ma vie !

Tendrement, je la pris dans mes bras. Ses lèvres se tendirent vers les miennes.

Longtemps après, elle se dégagea et se dirigea vers un petit bar dissimulé dans un meuble de bureau. Elle en tira deux verres et une bouteille de schnaps.

– Je n'ai pas de champagne, dit-elle, mais ce vieux genièvre hollandais me paraît digne de fêter l'occasion.

Nous levâmes nos verres, croisant nos regards avec amour.

– Vous m'cn voulez d'avoir découvert le secret du pilfastron, Viola ? demandai-je.

– Non, je ne sais même pas si je ne désirais pas que vous le découvriez quand je me suis amusée à vous faire des tours à la taverne, vous vous souvenez ?

– Oui, je n'ai rien soupçonné.

– Mais comment avez-vous découvert le secret ?

– C'est un peu par hasard. Un de mes collègues de Toulouse qui est spécialiste de l'énergie atomique et ne manque pas d'imagination, est tombé dessus en faisant des tests de routine. Mais il y a une chose qui m'intrigue...

– Quoi donc ?
– Il dit qu'il faut disposer d'un projecteur à neutrons.
– C'est vrai.
– Mais ce genre de projecteur est très encombrant. Où cachez-vous le vôtre ?

Elle saisit un briquet plaqué or et me le tendit.

– Vous pouvez essayer, dit-elle, il s'allume à tous les coups. Mais vous voyez ce petit poussoir sur le côté ? A gauche, c'est face, à droite, c'est pile et, au milieu, la pièce reste sur la tranche.

Je maniai le petit objet brillant et rectangulaire. Son poids me frappa.

– Il est très lourd, dis-je.
– C'est le blindage de plomb. Le mécanisme est au milieu et il est minuscule.
– Comment avez-vous pu arriver à une pareille miniaturisation ? Mon collègue semblait dire que c'était impossible.
– Je ne connais pas les détails de la technologie. Tout ce que je sais, c'est m'en servir. La cloison qui sépare mon bureau de celui de M. Chesnaie est en plâtre. Le rayonnement neutronique traverse facilement et je n'ai aucun mal à contrôler son pilfastron.
– Ainsi, dis-je, c'est vous, en fin de compte, qui prenez toutes ses décisions.

– Il faut bien que quelqu'un le fasse.
– Au hasard ?
– Non, *moi,* je lis tous les dossiers à fond. La plupart du temps, la décision que prendrait M. Chesnaie est évidente.
– Et quand elle ne l'est pas ?

Elle alluma une cigarette avec son briquet.
– Je prends conseil.
– Conseil de qui ?
A travers la fumée, ses yeux mauves me considérèrent longuement.
– Ecoutez, Robert, dit-elle, maintenant que vous connaissez une partie de la vérité, il est nécessaire que vous sachiez tout.
– J'écoute.
Elle secoua la tête.
– Je préfère que quelqu'un d'autre, plus qualifié que moi, vous l'explique... mais je voudrais être sûre que lorsque vous le saurez, vous continuerez à m'aimer.
Me levant d'un bond, je la pris dans mes bras.
– Viola, c'est pour la vie, quoi qu'il arrive.
– C'est juré ?
– Juré sur tout ce que j'ai de plus cher au monde.
– Je vous crois, Robert. Nous irons voir l'oncle Nicolas.
– L'oncle Nicolas ?
– Oui, c'est le frère de ma mère.
Je me souvins de la ressemblance que j'avais remarquée entre les yeux de Viola et ceux du vieil antiquaire.
Nous prîmes rendez-vous pour six heures. La

journée fut interminable. J'en profitai pour aller voir les peintures de Breughel au musée d'Art ancien. Je fus frappé de découvrir dans l'angle droit de *La chute des anges rebelles* un visage qui me rappelait étonnamment celui de Viola.

Je la trouvai dans le hall du Conseil de l'Europe à l'heure dite.

– J'ai téléphoné à l'oncle Nicolas, dit-elle. Il nous attend.

Le trajet se fit en silence. De temps en temps, je jetais un coup d'œil à Viola qui se concentrait sur sa conduite et, chaque fois, la pureté de son profil me donnait un coup au cœur. Elle avait l'air sérieux, préoccupé. Une seule fois, quand nous nous arrêtâmes devant un feu rouge, elle tourna son visage vers moi et sourit.

– Vous voyez, dit-elle, que les neutrons ne peuvent rien sur ces signaux.

La lueur rouge lui donnait un charme étrange et presque surnaturel. Je me penchai pour poser un baiser sur ses lèvres émouvantes.

Nicolas nous attendait. Tout de suite, il nous conduisit vers une arrière-boutique plus encombrée encore que le magasin.

Il nous fit asseoir sur des chaises de style et tourna vers moi son regard sombre.

– Ainsi, Robert, tu as découvert le secret du kobold.
– Le kobold ?
– Oui, c'est ainsi que nous désignons ce que tu appelles un projecteur à neutrons. Les vieux mineurs allemands donnaient ce nom aux lutins de la mine. Le mot a donné cobalt, car nous avions noté et utilisé depuis longtemps les propriétés radioactives de ce métal.
– Qui, vous ?

Il me fixa longuement en lissant sa barbe.
– Robert, dit-il enfin, c'est maintenant que je dois décider si je te révèle la vérité et il n'y a pas de... pilfastron qui puisse m'aider à prendre ma décision. Es-tu sûr que tu veux connaître la vérité ?
– Oui, Nicolas, dis-je.
– Elle entraînera des conséquences importantes pour toi.
– La seule chose importante pour moi est de ne pas perdre Viola.
– C'est toi qui en décideras librement.

Je sentais le regard de Viola intensément fixé sur moi.
– Parle, Nicolas.
– Il faut d'abord que tu saches que nous sommes des gremlins et que tu devras en devenir un pour épouser Viola.

– Des gremlins ?
– Oui, en tout cas, c'est le dernier nom qu'on nous a donné. Nous en avons eu bien d'autres. Celui-là, ce sont les aviateurs américains qui l'ont inventé dans le Pacifique pendant la Seconde Guerre mondiale. Quand quelque chose d'apparemment tout à fait impossible se produisait, en bien ou en mal, comme par exemple pour un pilote de sauter en

parachute au-dessus de l'océan et d'atterrir sur un petit atoll ou sur le pont d'un porte-avions, ils attribuaient cela à l'intervention d'un gremlin, et souvent ils n'avaient pas tort. A d'autres moments, on nous a appelés des poltergeist, des trolls, des jeteurs de sort, des fées...

Une fée... c'était bien à une fée que me faisait penser Viola. Je fus soudain saisi par la peur de la voir s'évanouir dans un brasillement d'étincelles.

– Vous êtes donc... des êtres surnaturels ? demandai-je d'une voix étranglée.

– Pas du tout ! s'écria Nicolas. On nous a quelquefois crus surnaturels, mais nous sommes de simples mortels. Nous naissons, nous nous marions, nous avons des enfants, nous mourons comme tout le monde.

– Pourtant, vous avez des pouvoirs extraordinaires.

– Extraordinaires peut-être à tes yeux, mais certainement pas magiques. Nous nous tenons simplement en avance de quelques millénaires, de quelques siècles ou de quelques années sur la science de notre temps. A l'heure actuelle, nous

avons du mal à maintenir notre avance, tant les progrès scientifiques sont rapides. D'ici peu de temps, le kobold sera commercialisé et le pilfastron n'aura plus de mystère pour personne.
– Mais enfin, les gremlins sont une race, une espèce particulière ?
– Non ! C'est une libre association et elle remonte aux origines de l'humanité. Bien sûr, il y a des familles qui ont plus de gremlins que d'autres, comme celle de Viola, par exemple, mais on ne naît pas gremlin, on le devient.
– On le devient comment ?
– Quand on est choisi par les autres et qu'on accepte les règles de l'association.
– Quelles sont les règles ?
– Le secret le plus absolu d'abord. C'est pour cela que j'ai couru un risque en te révélant la vérité. Mais je crois que tu es capable de comprendre la mission des gremlins.

– Ils ont une mission ? Laquelle ?
– Préserver, encourager, stimuler la liberté humaine. Je ne parle pas simplement de la liberté politique, mais de la liberté de chaque individu.
– Ce qu'on appelle le libre arbitre ?
– Si tu veux. J'ai lu tes articles sur le hasard, et s'il

y a un homme au monde qui est capable de nous comprendre, c'est bien toi.

– Pourquoi moi ?

– Parce que tu as compris ce qui menace la liberté des hommes... La multiplication des moyens de communication fait que les volontés individuelles se neutralisent les unes les autres et, en fin de compte, c'est la loi du hasard qui s'impose. Voilà plus d'un demi-siècle que nous avons prévu ce danger. Le pilfastron et le kobold sont deux des armes que nous avons imaginées pour le combattre. De plus en plus, les preneurs de décisions sont conscients de leur impuissance à dominer le hasard. C'est pour cela qu'ils ont aisément accepté de se servir du pilfastron. Mais ce qu'ils ne savent pas, c'est que, patiemment, nous avons placé auprès de chacun d'eux un gremlin qui, grâce à son kobold, commande au pilfastron.

– Ce sont donc les gremlins qui décident ?

– Pas exactement. Vois-tu, une partie importante de l'entraînement d'un gremlin consiste à le rendre apte à comprendre les désirs secrets de la personne dont il s'occupe, à s'assimiler sa façon de penser et de réagir aux événements. Quand un gremlin décide, il ne fait que prendre la décision que son partenaire aurait librement prise s'il n'en avait été

empêché par son sentiment d'impuissance.
– Les gremlins ne se trompent jamais ?
– Cela arrive, bien sûr. Nous ne sommes pas infaillibles. Il y a des bavures, quelquefois des catastrophes. Mais, d'une manière générale, nous arrivons à préserver la liberté des hommes malgré l'envahissement de la technologie moderne.
– Mais quand la technologie n'existait pas ?
– Il y avait d'autres problèmes et d'autres façons de les résoudre. A l'époque où ce qui menaçait la liberté de l'homme, c'était la misère, la famine, la maladie, les trois souhaits traditionnels qu'accordaient les fées et les génies étaient des moyens d'exercer cette liberté. Cette situation continue à exister dans la plus grande partie du monde, mais nous avons modernisé nos méthodes : il y a des gremlins-médecins, des gremlins-agronomes. Il y avait des gremlins autour du Dr Schweitzer. Léonard de Vinci était un gremlin placé auprès du roi François Ier. Au début de ce siècle, quand la science positive commençait à piétiner et à tourner en rond, c'est un gremlin du nom d'Einstein qui l'a libérée. Mais Einstein lui-même n'a pas eu d'autre rôle que de faire sortir de la tête de ses contemporains des idées qui y étaient prisonnières.
– Je ne suis ni Vinci ni Einstein.

Nicolas sourit.

– Il y a pour un gremlin des façons plus humbles de servir la liberté. Je ne crois pas que ton ami Hubert ait une importance capitale dans l'histoire du monde, mais Viola consacre sa vie à lui donner sa part de liberté. Tu peux faire autant, et plus qu'elle.

– Je ne saurais pas comment m'y prendre.

– On t'enseignera. Si tu acceptes d'être des nôtres, tu devras subir un entraînement dans une de nos bases.

– Ce sera long ? demandai-je, chagriné à la perspective d'être séparé de Viola.
– Cela dépend des individus. Dans ton cas, je pense que six mois suffiront. Ensuite, on t'assignera une tâche.
– Où cela ? Je veux épouser Viola !
– Ce n'est pas incompatible, au contraire : tu ne pourras l'épouser que si tu es devenu un gremlin. Nos règles sont très strictes là-dessus.

Silencieuse, Viola écoutait, les yeux fixés sur moi.

– Cette fois, ton choix doit être entièrement libre, Robert, dit Nicolas. Inutile d'essayer de tirer à pile ou face.

Du bras, j'entourai les épaules de Viola.

– J'accepte, dis-je.

5

La base Gremlin

Il me fallut prendre un congé pour convenance personnelle auprès du CNRS. La base Gremlin où je fus envoyé était située dans un petit château sur les bords du lac Léman et avait toutes les allures d'un camp de vacances de grand standing. On se baignait, on canotait, on pêchait la perche et l'omble chevalier et l'on faisait de longues promenades dans la douceur du plein été. Mais on travaillait dur aussi. Les gremlins qui nous servaient d'instructeurs n'avaient rien qui les distinguât d'hommes ordinaires, sinon une extraordinaire patience et une connaissance parfaite des technologies les plus avancées.

Je vis là des machines qui ne seraient pas inventées avant le milieu du troisième millénaire et j'appris à pratiquer des méthodes dont personne, à notre époque, ne pouvait soupçonner la possibilité. Une des inventions des gremlins – elle remontait, paraît-il, au milieu du XVIIe siècle et avait été mise au point par Comenius – s'appelait le stimulateur neuronique et permettait de comprendre sans difficulté les raisonnements les plus complexes. Une autre, le transféreur nucléique, permettait d'inscrire les notions, les réflexes, les intuitions au plus profond des composants de la cellule vivante.

La transmission de pensée et la télékinésie – la faculté d'agir directement à distance sur les objets par les ondes cérébrales – étaient, nous expliqua un des instructeurs, des mythes qui échapperaient toujours aux capacités humaines, mais grâce à de nombreux dispositifs comme le projecteur à neutrons, on pouvait imiter certains des effets de la télékinésie. Par ailleurs, quand un gremlin expérimenté rencontrait une personne inconnue, mille petits signes lui permettaient de comprendre en profondeur ses façons de penser et de sentir, de s'identifier en quelque sorte à elle au point de prévoir ses réactions.

J'appris également à utiliser les antiques outils dont les gremlins s'étaient servis au cours des

siècles. La fameuse baguette de coudrier dont disposaient les fées était un mince étui pouvant dissimuler toutes sortes d'appareillages électroniques capables de mille applications, comme transmuter en or un métal quelconque ou faire apparaître un hologramme, c'est-à-dire une image en trois dimensions criante de vérité.

Dans l'œuvre des alchimistes, on m'enseigna à distinguer ce qui était charlatanisme ou bricolage maladroit de recherches scientifiques véritables et prometteuses. Avant la fin de mon stage, je savais

préparer toutes sortes de philtres dont certains étaient des spécialités pharmaceutiques déjà connues de notre temps, mais dont beaucoup d'autres ne seraient découverts que dans un lointain futur.

L'hiver était venu et les Alpes s'étaient couvertes de neige quand vint enfin le jour où, mon entraînement terminé, je fus appelé à prêter serment devant le Gremlin Suprême qui était venu en Suisse à cette occasion. J'eus la surprise de découvrir que c'était un prix Nobel de physique fort connu qui avait passé plusieurs années de sa vie en prison dans son pays.

Dans le discours qu'il fit à la cinquantaine d'hommes et de femmes qui constituaient ma promotion, il rappela ces épreuves et nous mit en garde.

– La plupart d'entre vous, dit-il, auront sans doute une vie tranquille, et je le leur souhaite, mais rappelez-vous que votre rôle n'est pas sans dangers. Vous avez le devoir de faire en sorte que chaque homme exerce la liberté qui lui a été donnée en partage.
Exercer sa liberté n'est pas toujours une chose facile ni agréable, et il arrive que les hommes lui préfèrent la sécurité que donnent l'obéissance aveugle, le conformisme et le jeu du hasard. S'il vous faut – et cela vous arrivera – les gêner ou les choquer pour qu'ils soient vraiment libres et marchent vers l'accomplissement de leur destin au lieu de végéter ou d'être de simples mécaniques, ils pourront vous en vouloir et vous persécuter.

Quand je rentrai à Toulouse par un ciel d'hiver bleu pâle, j'eus la surprise de trouver Nicolas et

Viola à l'aéroport. Viola me sauta au cou et je sentis alors toute la plénitude que m'avait apportée l'enseignement des gremlins. Ce n'étaient pas seulement nos lèvres et nos bras qui se touchaient : c'étaient les plus secrètes de nos pensées, les plus profonds de nos sentiments. Nous étions comme transparents l'un pour l'autre et je sus alors ce que voulait dire ne faire qu'un.

Nicolas nous regardait avec un sourire indulgent.

– Robert, dit-il, sois le bienvenu parmi nous. Vous vous marierez dès la semaine prochaine. Viola a été remplacée auprès de Chesnaie et elle vient d'être embauchée comme secrétaire particulière par le P-DG de Sud-Aviation... Il a un pilfastron.

– Et moi ? J'aurai aussi un pilfastron à contrôler ?

– Tu as mieux à faire. Tu restes directeur de ton laboratoire. Grâce à nos relations, ton équipe est chargée d'un programme de recherches qui t'intéressera. Charges-en le jeune Cazenave. C'est un des nôtres.

– Cazenave, un gremlin ?

– Nous ne pouvions pas laisser un spécialiste de l'information de ton importance sans quelqu'un pour... l'aider. Nous l'avions donc placé auprès de toi. Mais sa tâche a été facile. Il n'a pas eu besoin

d'un pilfastron pour te permettre d'exercer ton jugement en toute liberté. Il lui a suffi d'un coup de pouce de temps en temps.
– C'est vrai, je me souviens de ses interventions au Conseil de laboratoire. J'y voyais toujours plus clair quand il avait parlé.
– Vous pourrez travailler ensemble sur ce nouveau programme. Il est de première importance pour nous.
– En quoi consiste-t-il ?
– Il s'agit de la télévision. Officiellement, vous devrez trouver une méthode pour permettre de mesurer le degré d'attention que les téléspectateurs portent aux diverses émissions. Mais pour nous il s'agit d'autre chose. En multipliant les chaînes, on donne aux gens l'illusion de plus de liberté de choix. En réalité, tu le sais, cette multiplication leur fait perdre le contrôle de leur choix. Devant cette profusion d'images, ils ont tendance à céder aux habitudes, à la routine, aux modes, et à regarder des programmes qui ne sont pas ceux qu'ils auraient choisis s'ils avaient été vraiment libres de choisir.
– Je sais. J'ai même écrit un article pour signaler ce danger et cela m'a fait mal voir des publicitaires. Quand on est dans un supermarché, on est moins libre d'exercer son choix que dans une petite bou-

tique où il n'y a que trois ou quatre marques en concurrence.

– Eh bien, justement, ton collaborateur Cazenave travaille depuis longtemps sur un dispositif qui permettrait d'intercaler dans les images de la télévision des messages imperceptibles qui pousseraient les téléspectateurs à changer de chaîne s'ils en ont envie ou même à fermer la télévision si aucune chaîne ne leur plaît.

– Ce serait une bonne idée, mais ça ne va pas plaire aux chaînes.

– Elles n'ont pas besoin de le savoir. Les Gremlins travaillent en secret. Pour tes commanditaires, tu ne t'occupes que de mesurer le degré d'attention des téléspectateurs.

– A première vue, il doit être assez faible. En fait, pendant les émissions, l'attention des téléspectateurs est très réduite. Ils sont comme hypnotisés.

– Eh bien, justement, ton travail sera de les réveiller, de les libérer, de les rendre à eux-mêmes.

Depuis six mois, c'est ce que j'essaie de faire avec l'aide de Cazenave. Je n'ai pas mis Lequoy dans la confidence, bien sûr, mais il apporte d'utiles suggestions. Nous sommes sur la piste d'un micro-élément radioactif qui serait incorporé, grâce à la complicité de gremlins de TDF, aux émetteurs de télévision et produiraient des radiations anti-hypnotiques. Le problème est d'amener les fabricants de téléviseurs à incorporer des éléments récepteurs dans leurs appareils. C'est un travail de longue haleine et, à Silicone Island, au Japon, les pilfastrons vont bon train pour orienter dans ce sens les décisions des responsables. Les gremlins sont patients. La liberté ne se gagne pas en un jour, ni même en une génération.

Viola est contente de son travail à Sud-Aviation. Elle assimile les dossiers d'aéronautique avec autant de facilité que les dossiers d'économie européenne. Pourtant, il va falloir qu'elle prenne quelques semaines de congé, car nous attendons notre premier-né. J'espère qu'il aura les yeux mauves de sa mère et qu'on pourra un jour en faire un gremlin.

Et pendant ce temps, à Bruxelles, Hubert continue à faire tourner d'un doigt désabusé son pilfastron sans savoir que, grâce à Myrrha, sa nouvelle secrétaire qui a succédé à Viola, il est un homme libre.

Dans la même collection

Je bouquine

(parus ou à paraître)

LE COMBAT D'ODIRI

Sur cette planète, depuis la nuit des temps, deux tribus s'opposent : les Valii vivent dans leurs splendides châteaux volants, tandis que les Ombrus souffrent dans l'humidité des marais grouillant de dangers... Un jour Odiri, un vaillant Ombrus, face au plus redoutable des monstres, la scolopendre, se voit sauver la vie par Hodjay, une jeune Valii. Cette rencontre marquera-t-elle le rapprochement des deux tribus, celle de l'ombre et celle de la lumière ?

Une histoire écrite par Georges-Olivier Châteaureynaud et illustrée par Arno.

JESSICA

Au début du siècle, la ferme de l'Est des Etats-Unis où vit Jessica est si pauvre que sa famille décide de partir vers l'Ouest. Là-bas, les terres sont fertiles et tous les espoirs sont permis. Mais les Indiens sont là. L'Ouest est leur territoire. Ils rôdent autour du convoi, semant la peur chez les pionniers. Seule Jess ose les approcher. Comme si une force mystérieuse l'attirait vers Tonweya, le jeune Indien de la rivière.

Une histoire écrite par Leigh Sauerwein et illustrée par Michel Blanc-Dumont.

LES FUGITIFS

Balou, Tim et Sonia n'en peuvent plus de vivre dans ce pays où seules les armes parlent, où les miliciens s'en prennent même aux oiseaux... Ils rêvent d'une île sous le soleil, une île du Sud où il ferait bon vivre. Ils décident de fuir. Métro, camion, avion : tous les moyens sont bons pour tenter de rejoindre leur rêve. Mais la violence leur colle aux talons... Se réveilleront-ils de ce cauchemar ?

Une histoire écrite par Jean Guilloré
et illustrée par Arno.

HAÏTI CHÉRIE

Rose-Aimée a 13 ans. Elle aime son village et ses parents. Pourtant, la misère l'oblige à partir à la ville où elle est placée comme domestique chez une riche patronne. De terribles événements l'y attendent. Fraternité contre méchanceté. Courage contre cruauté. Rose-Aimée réussira-t-elle à quitter l'île et cet univers ?

Une histoire écrite par Maryse Condé
et illustrée par Marcelino Truong.

LES KILOS EN TROP

Sébastien est trop gros. Normal : il aime les gâteaux presque autant que le football. Mais les deux ne font pas bon ménage. Après un match catastrophique, Sébastien est rétrogradé d'équipe première en équipe débutante. Pauvre Sébastien, il déprime ! Jusqu'au jour où son prof de gym lui fait goûter... au ballon ovale. Ces kilos en trop, loin d'être un handicap, vont bien vite devenir un avantage... de poids !

Une histoire écrite par François Sautereau et illustrée par Thierry Dalby.

MENACE DANS LA NUIT

Juste avant son tour de chant, Tamara, la célèbre chanteuse, reçoit une menace de mort. Non loin de là, Frédéric va voir un film d'épouvante à la séance de minuit... Le hasard les met face à face. Une ombre mystérieuse les poursuit. Pour Frédéric, l'adolescent solitaire, cette nuit d'angoisse sera aussi la découverte d'une tendre amitié.

Une histoire écrite par Michel Grisolia et illustrée par Ruben Pellejero.

DANGER SUR LES GRATTE-CIEL

Duende Boy ne connaît ni la peur ni le vertige. A 16 ans, il a fui son Mexique natal pour venir laver les carreaux des buildings de Californie. Et il est heureux. Surtout la nuit, lorsqu'il "emprunte" de luxueuses voitures pour se griser de vitesse dans le désert. Mais cette nuit-là, dans la Pontiac bleue, Duende Boy trouve une valise. Est-ce la chance de sa vie ? Ou le début d'un terrible engrenage ?

Une histoire écrite par Paul Thiès
et illustrée par André Juillard.

L'AFFAIRE PÈRE NOËL

En français, Cyril n'est pas le meilleur de la classe ! Mais en photo, il est champion. L'appareil en bandoulière, il sillonne sans cesse son quartier à l'affût d'images insolites. Mais le barbu qu'il photographie, ce 22 décembre, vient de commettre un crime. Cyril est loin de se douter que cette photo va l'entraîner dans une suite de dangereuses péripéties.

Une histoire écrite par Sylvie Dervin
et illustrée par Serge Bloch.

L'APPEL DE LA LOUVE

Igor est le jeune chien fougueux du vieux berger Alexis. Un jour, au hasard des alpages, Igor rencontre une louve solitaire qui l'attire et le fascine. C'est Gleipnir. Courses folles à travers les forêts, chasses sauvages, chahuts dans la neige : Igor voudrait devenir loup pour suivre Gleipnir dans toutes ses aventures. Mais la vie des loups est dure. Igor cédera-t-il à l'appel de la liberté... ou retournera-t-il à la tranquillité de sa vie de chien de berger ?

Une histoire écrite par Jean-Jacques Tupet et illustrée par Christian Rossi.

TORPÉDO CONTRE LES GANGSTERS

Torpédo, le routier, a deux passions : sa fille Isabelle et vieux Sam, son camion "préhistorique". Pour payer les études de la première et sauver le second de la casse, Torpédo accepte de transporter un chargement "top secret". Trop secret, et trop bien payé pour être honnête. Des malfrats sont aussitôt à ses trousses. Heureusement, les copains routiers sont là avec leur CiBi. Mais quel guêpier !

Une histoire écrite par Jean-Paul Nozière et illustrée par Gilles Grimon.

Achevé d'imprimer par Ouest Impressions Oberthur - 35000 Rennes
Dépôt légal n° 11740 - Avril 1991
Imprimé en France